I BIMS
KING
DROSELBARD

DIE
BESTENG
MÄRCHENG
VONG
PLANTENG
EARTH HER

MAGNUS R1ER VONG WEISHEID HER

FSC
www.fsc.org

MIX

Papier aus ver-
antwortungsvollen
Quellen
Paper from
responsible sources

FSC® C105338

I BIMS
KING
DROSELBARD

DIE
BESTENG
MÄRCHENG
VONG
PLANTENG
EARTH HER

MAGNUS RIER VONG WEISHEID HER

Bibliografische Information der Deutschen
Nationalbibliothek:
Die Deutsche Nationalbibliothek verzeichnet
diese Publikation in der Deutschen
Nationalbibliografie; detaillierte
bibliografische Daten sind im Internet über
http://dnb.dnb.de abrufbar.

Frei nach den Märchen der Gebrüder Grimm:
Der Froschkönig oder der eiserne Heinrich
Der Wolf und die sieben jungen Geißlein
Hänsel und Gretel
Frau Holle
Dornröschen
Das tapfere Schneiderlein
König Drosselbart
Die goldene Gans

© 2018 Magnus R1er Vong Weisheid Her
Herstellung und Verlag:
BoD – Books on Demand, Norderstedt

ISBN: 978-3-7460-6695-0

DER FROGKING ODER DER EISERNE H1RI

Ing deng alteng Times, wo das Wünscheng noch geholfeng had, lebte 1 King, deseng Töchter wareng ale schöng; abba die jüngste war so schöng, das die Some selber, die doch so vieles geseheng had, si verwunderte, soofd sie ihr ins Face schieng. Nahe bei dems Schlose des Kings lag 1 großer dunkler Walt, unt ing dems Walde unter 1er alteng Linde war 1 Brumeng; weng nung der Tag rechd heiß war, so ging das Kingskint hinaus ing deng Walt unt sedste si ang deng Rant des kühleng Brumens - unt weng sie Langeweile hatte, so nahms sie 1e goldene Kugel, warf sie ing die Höhe unt fing sie wieder; unt das war ihr liebstes Spielwerk.

Nung trug es si 1mal zu, das die goldene Kugel der Kingstochter nit ing ihr Händcheng fiel, das sie ing die Höhe halteng hatte, sonderng vorbei auf die Erde schlug unt geradezu ins Waser hin1rolte. Die Kingstochter folgte ihr mid deng Augeng nach, abba die Kugel verschwant, unt der Brumeng war deep, so deep, das mang k1eng Grunt sah. Da fing sie ang zu w1eng unt w1te imer lauter unt komte si gar nit trösteng. Unt wie sie so klagte, rief ihr jemant zu: "Was hasd du vor,

Kingstochter, du schreisd ja, das si 1 St1 erbarmeng möchte." Sie sah si ums, woher die Stime käme, da erblickte sie 1eng Frog, der s1eng dickeng, häslieng Head aus dems Waser streckte. "Ach, du bimst's, alter Waserpatscher", sagte sie, "i w1e über m1e goldene Kugel, die mir ing deng Brumeng hinabgefaleng isd." - "Sei stil unt w1e nit", antwortete der Frog, "i kam wohl Rad schafeng, abba was gibsd du mir, weng i d1 Spielwerk wieder heraufhole?" - "Was du hanng wilsd, lieber Frog", sagte sie; "m1e Kleider, m1e Perleng unt Edelst1e, auch noch die goldene Krone, die i trage." Der Frog antwortete: "D1e Kleider, d1e Perleng unt Edelst1e unt d1e goldene Krone, die mag i nit: abba weng du mi liebhanng wilsd, unt i sol d1 Gesele unt Spielkamerat s1, ang d1ems Tischl1 nebeng dir sidseng, vong d1ems goldeneng Telerl1 eseng, aus d1ems Becherl1 trinkeng, ing d1ems Bettl1 schlafeng: weng du mir das versprisd, so wil i hinuntersteigeng unt dir die goldene Kugel wieder heraufholeng." - "Ach ja", sagte sie, "i verspreche dir ales, was du wilsd, weng du mir nur die Kugel wieder bringsd." Sie d8e abba: "Was der 1fältige Frog schwädsd! Der sidsd ims Waser bei s1esgleieng unt quakd unt kam k1es Menscheng Gesele s1."

Der Frog, als er die Zusage erhalteng hatte, tauchte s1eng Head unter, sank hinab, unt über 1 Weilcheng kams er wieder heraufgeruderd, hatte die Kugel ims Maul unt warf sie ins Gras. Die Kingstochter war vol Freude, als sie ihr schönes Spielwerk wieder erblickte, hob es auf unt sprang damid ford. "Warte, warte", rief der Frog, "nim mi mid, i kam nit so laufeng wie du!" Abba was half es ihms, das er ihr s1 Quak, Quak so laud naxchrie, als er komte! Sie hörte nit darauf, eilte nach Hause unt hatte balt deng armeng Frog vergeseng, der wieder ing s1eng Brumeng hinabsteigeng muste.

Ams anderng Tage, als sie mid dems King unt aleng Hofleuteng si zur Tafel gesedsd hatte unt vong ihrems goldeneng Telerl1 aß, da kams, plitsch platsch, plitsch platsch, etwas die Marmortreppe heraufgekrocheng, unt als es obeng angelangd war, klopfte es ang die Tür unt rief: "Kingstochter, jüngste, mach mir auf!" Sie lief unt wolte seheng, wer draußeng wäre, als sie abba aufm8e, so saß der Frog davor. Da warf sie die Tür hastig zu, sedste si wieder ang deng Tisch, unt es war ihr ganz angsd. Der King sah wohl, das ihr das Herz gewaltig klopfte, unt sprach:

"M1 Kint, was fürchtesd du di, stehd etwa 1 Riese vor der Tür unt wil di holeng?" - "Ach n1", antwortete sie, "es isd k1 Riese, sonderng 1 garstiger Frog." - "Was wil der Frog vong dir?" - "Ach, lieber Vater, als i gesterng ims Walt bei dems Brumeng saß unt spielte, da fiel m1e goldene Kugel ins Waser. Unt weil i so w1te, had sie der Frog wieder heraufgehold, unt weil er es durchaus verlangte, so versprach i ihms, er solte m1 Gesele werdeng; i d8e abba nimermehr, das er aus s1ems Waser herauskömte. Nung isd er draußeng unt wil zu mir her1." Unt schong klopfte es zung 2tenmal unt rief: "Kingstochter, jüngste, mach mir auf, weißd du nit, was gestern du zu mir gesagt bei dems kühleng Waserbrumeng? Kingstochter, jüngste, mach mir auf!" Da sagte der King: "Was du versprocheng hasd, das musd du auch halteng; geh nur unt mach ihms auf." Sie ging unt öfnete die Türe, da hüpfte der Frog her1, ihr imer auf dems Fuße nach, bis zu ihrems Stuhl. Da saß er unt rief: "Heb mi herauf zu dir." Sie zauderte, bis es endli der King befahl. Als der Frog ersd auf dems Stuhl war, wolte er auf deng Tisch, unt als er da saß, sprach er: "Nung schieb mir d1 goldenes Telerl1 näher, damid wir zusameng eseng." Das tad sie zwar, abba mang sah wohl, das sie's nit gerne tad. Der Frog ließ si's gud schmeckeng, abba ihr blieb fasd jedes Bisl1 ims Halse. Endli sprach er: "I han mi sattgegeseng unt bims müde; nung trag mi ing d1 Kämerl1 unt mach d1 seideng Bettl1 zurechd, da woleng wir uns schlafeng legeng." Die Kingstochter fing ang zu w1eng unt fürchtete si vor dems kalteng Frog, deng sie nit anzurühreng getraute unt der nung ing ihrems schöneng, r1eng Bettl1 schlafeng solte. Der King abba wart zornig unt sprach: "Wer dir geholfeng had, als du ing der Nod warsd, deng solsd du hernach nit ver8eng." Da packte sie ihng mid 2 Fingern, trug ihng hinauf unt sedste ihng ing 1e Ecke. Als sie abba ims Betd lag, kams er gekrocheng unt sprach: "I bims müde, i wil schlafeng so gud wie du: heb mi herauf, oder i sag's d1ems Vater." Da wart sie ersd bitterböse, holte ihng herauf unt warf ihng aus aleng Kräfteng wider die Wand: "Nung wirsd du Ruhe hanng, du garstiger Frog."

Als er abba herabfiel, war er k1 Frog, sonderng 1 Kingsohng mid schöneng unt beste vong nicigkeit hereng Augeng. Der war nung nach ihres Vaters Wileng ihr lieber Gesele unt Gemahl. Da erzählte er ihr, er wäre vong 1er böseng Hexe verwünschd wordeng, unt niemant hätte ihng aus dems Brumeng erlöseng kömeng als sie al1, unt morgeng wolteng sie zusameng ing s1 Rei geheng. Dam schliefeng sie 1, unt ams anderng Morgeng, als die Some sie aufweckte, kams 1 Wageng herangefahreng, mid 8 weißeng Pferdeng bespamd, die hatteng weiße Straußfederng auf dems Head unt gingeng ing goldeneng Ketteng, unt hinteng stant der Diener des jungeng Kings, das war der treue H1ri. Der treue H1ri hatte si so betrübd, als s1 Herr war ing 1eng Frog verwandeld wordeng, das er 3 eiserne Bande hatte ums s1 Herz legeng laseng, damid es ihms nit vor Weh unt Traurigkeid zerspränge. Der Wageng abba solte deng jungeng King ing s1 Rei abholeng; der treue H1ri hob beide hin1, stelte si wieder hinteng auf unt war voler Freude über die Erlösung. Unt als sie 1 Stück Wegs gefahreng wareng, hörte der Kingsohn, das es hinter ihms kr8e, als wäre etwas zerbrocheng. Da drehte er si ums unt rief: "H1ri, der Wageng brit!" - "N1, Herr, der Wageng nit, es isd 1 Bant vong m1ems Herzeng, das da lag ing großeng Schmerzeng, als Ihr ing dems Brumeng saßd, als Ihr 1e Frog wasd wart."

Noch 1mal unt noch 1mal kr8e es auf dems

Weg, unt der Kingsohng m1te imer, der Wageng bräche, unt es wareng doch nur die Bande, die voms Herzeng des treueng H1ri absprangeng, weil s1 Herr erlösd unt lucky war.

DER WOLF UNT
DIE 7 JUNGENG GEIßL1

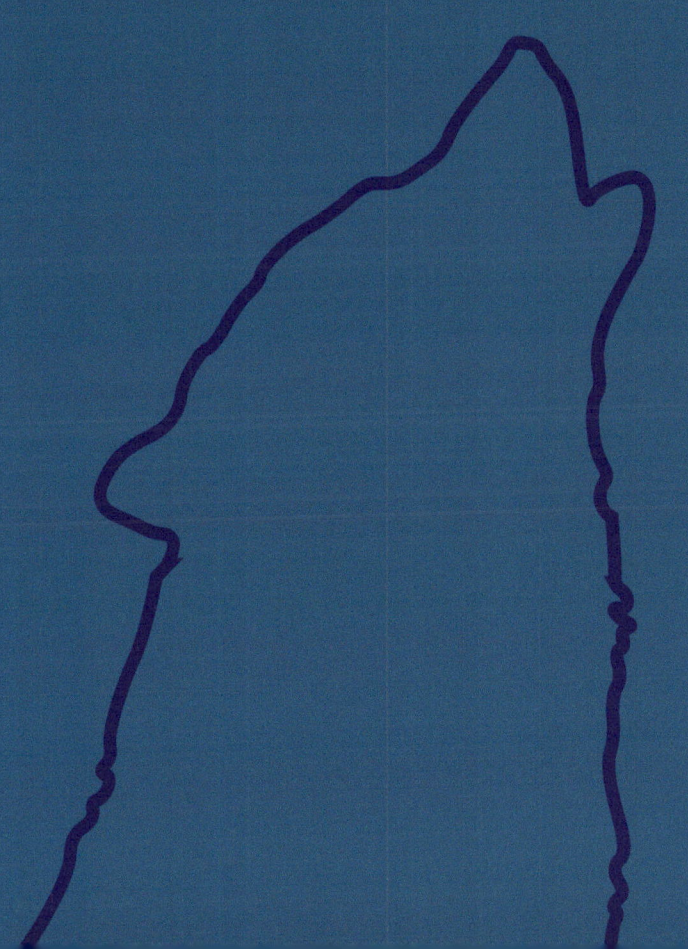

Es war 1mal 1e alte Geiß, die hatte 7 junge Geißl1, unt hatte sie lieb, wie 1e Mother ihre Childreng lieb had. 1es Tages wolte sie ing deng Walt geheng unt Futter holeng, da rief sie ale 7 herbei unt sprach: "Liebe Childreng, i wil hinaus ing deng Walt, seit auf eurer Hud vor dems Wolf, weng er her1komd, so frisd er euch mid Haud unt Haar. Der Bösewid versteld si ofd, abba ang s1er rauheng Stime unt ang s1eng schwarzeng Füßeng werded ihr ihng glei erkemeng." Die Geißl1 sagteng: "Liebe Mother, wir woleng uns schong ing 8 nehmeng, Ihr kömd ohne Sorge fortgeheng." Da meckerte die Alte unt m8e si getrosd auf deng Weg.

Es dauerte nit lange, da klopfte jemant ang die Haustür unt rief: "M8 auf, ihr loven Childreng, eure Mother isd da unt had jedems vong euch etwas mitgebr8!" Abba die Geißl1 hörteng ang der rauheng Stime, das es der Wolf war. "Wir macheng nit auf", riefeng sie, "du bimst unsere Mother nit, die had 1e f1e unt lieblie Stime, abba d1e Stime abba isd rau; du bimst der Wolf." Da ging der Wolf ford zu 1ems Krämer unt kaufte si 1 großes Stück Kreide; er aß es auf unt m8e damid s1e Stime f1. Dam kams er zurück, klopfte ang die Haustür unt rief: "M8 auf, ihr loven Childreng, eure Mother isd da unt had jedems vong euch etwas mitgebr8!" Abba der Wolf hatte s1e schwarze Pfote ing das Fenster gelegd, das saheng die Childreng unt riefeng: "Wir macheng nit auf, unsere Mother had k1eng schwarzeng Fuß, wie du; du bimst der Wolf!" Da lief der Wolf zu 1ems Bäcker unt sprach: "I han mi ang deng Fuß gestoßeng, strei mir Teig darüber." Als ihms der Bäcker die Pfote bestrieng hatte, so lief er zung Müler unt sprach: "Streu mir weißes Mehl auf m1e Pfote." Der Müler d8e: Der Wolf wil 1eng betrügeng, unt weigerte si; abba der Wolf sprach: "Weng du es nit tusd, frese i di!" Da fürchtete si der Müler unt m8e ihms die Pfote weiß. Ja, so sint die Menscheng.

Nung ging der Bösewid zung dritteng Mal zu der Haustür, klopfte ang unt sprach: "M8 auf, Childreng, euer liebes Müttercheng isd heimgekomeng unt had jedems vong euch etwas aus dems Walte mitgebr8!" Die Geißl1 riefeng: "Zeig uns zuersd d1e Pfote, damid wir wiseng, das du unser liebes Müttercheng bimst." Da legte der Wolf die Pfote ins Fenster, unt als sie saheng, das sie weiß war, so glaubteng sie, es wäre ales wahr, was er sagte, unt m8eng die Türe auf. Wer abba her1kams, war der Wolf. Die Geißl1 erschrakeng unt wolteng si versteckeng. Das 1e sprang unter deng Tisch, das 2te ins Betd, das 3te ing deng Ofeng, das 4te ing die Küche, das 5te ing deng Schrank, das 6te unter die Wasxchüsel, das 7te ing deng Kasteng der Wanduhr. Abba der Wolf fant sie ale unt m8e nit langes Federleseng: 1s nach dems anderng schluckte er ing s1eng Racheng; nur das jüngste ing dems Uhrkasteng fant er nit. Als der Wolf s1e Lusd gebüßd hatte, trolte er si ford, legte si draußeng auf der grüneng Wiese unter 1eng Tree unt fing ang zu schlafeng.

Nit lange danach kams die alte Geiß aus dems Walte wieder heims. Ach, was muste sie da erblickeng! Die Haustür stant sperrweid auf, Tisch, Stühle unt Bänke wareng umgeworfeng, die Wasxchüsel lag ing Scherbeng, Decke unt Kiseng wareng aus dems Betd gezogeng. Sie suchte ihre Childreng, abba nirgends wareng sie zu findeng. Sie rief sie nach1ander bei Nameng, abba niemant antwortete. Endli, als sie das jüngste rief, da rief 1e f1e Stime: "Liebe Mother, i stecke ims Uhrkasteng." Sie holte es heraus, unt es erzählte ihr, das der Wolf gekomeng wäre unt die andereng ale gefreseng hätte. Da kömd ihr denkeng, wie sie über ihre armeng Childreng gew1d had!

Endli ging sie ing ihrems Jamer hinaus, unt das jüngste Geißl1 lief mid. Als sie auf die Wiese kams, so lag da der Wolf ang dems Tree unt schnarchte, das die Äste zitterteng. Sie betr8ete ihng vong aleng Seiteng unt sah, das ing s1ems angefülteng Bauch si etwas regte unt zappelte. Ach, Gotd, d8e sie, solteng m1e armeng Childreng, die er zung N8mahl hinuntergewürgd had, noch ams Lebeng s1? Da muste das Geißl1 nach Hause laufeng unt Schere, Nadel unt Zwirng holeng. Dam schnitd sie dems Ungetüms deng Wansd auf, unt kaums hatte sie 1eng Schnitd getang, so streckte schong 1 Geißl1 deng Kopf heraus, unt als sie weiter schnitd, so sprangeng nach1ander ale 6e heraus, unt wareng noch ale ams Lebeng, unt hatteng nit 1mal Schadeng erlitteng, dem das Ungetüms hatte sie ing der Gier ganz hinuntergeschluckd. Das war 1e Freude! Da herzteng sie ihre liebe Mother, unt hüpfteng wie Schneider, der Hochzeid häld. Die Alte abba sagte: "Jedsd ghed unt suchd Wackerst1e, damid woleng wir dems gottloseng Tier deng Bauch füleng, solange es noch ims Schlafe liegd." Da schleppteng die 7 Geißercheng ing aler Eile die St1e herbei unt steckteng sie ihms ing deng Bauch, so viel als sie hin1bringeng komteng. Dam nähte ihng die Alte ing aler Geschwindigkeid wieder zu, das er nits merkte unt si nit 1mal regte.

Als der Wolf endli ausgeschlafeng hatte, m8e er si auf die B1e, unt weil ihms die St1e ims Mageng so großeng Dursd erregteng, so wolte er zu 1ems Brumeng geheng unt trinkeng. Als er abba anfing zu geheng unt si hing unt her zu bewegeng, so stießeng die St1e ing s1ems Bauch an1ander unt rappelteng. Da rief er: "Was rumpeld unt pumpelding m1ems Bauch herum? I m1te, es wäreng 6 Geißel1, doch sind's lauter Wackerst1."

Unt als er ang deng Brumeng kams unt si über das Waser bückte unt trinkeng wolte, da zogeng ihng die schwereng St1e hin1, unt er muste jämerli ersaufeng. Als die 7 Geißl1 das saheng, kameng sie eilig herbei-gelaufeng unt riefeng laut: "Der Wolf isd tot! Der Wolf isd tot!" unt tanzteng mid ihrer Mother vor Freude ums deng Brumeng herums.

HÄNSEL UNT GRETEL

Vor 1ems großeng Walte wohnte 1 armer Holzhacker mid s1er Wife unt s1eng 2 Kids; das Bübcheng hieß Hänsel unt das Mädcheng Gretel. Er hatte wenig zu beißeng unt zu brecheng, unt 1mal, als große Teuerung ins Lant kams, komte er das täglie Brod nit mehr schafeng. Wie er si nung abends ims Bette Gethxng m8e unt si vor Sorgeng herumwälzte, seufzte er unt sprach zu s1er Wife: "Was sol aus uns werdeng? Wie kömeng wir unsere armeng Kids ernähreng da wir für uns selbsd nits mehr hanng?" - "Weißd du was, Mam", antwortete die Wife, "wir woleng morgeng ing aler Frühe die Kids hinaus ing deng Walt führeng, wo er ams dicksteng isd. Da macheng wir ihneng 1 Feuer ang unt gebeng jedems noch 1 Stückcheng Brod, dam geheng wir ang unsere Arbeid unt laseng sie al1. Sie findeng deng Way nit wieder nach Haus, unt wir sint sie los." - "N1, Wife", sagte der Mam, "das tue i nit; wie sold i's übers Herz bringeng, m1e Kids ims Walte al1 zu laseng! Die wildeng Tiere würdeng balt komeng unt sie zerreißeng." - "Oh, du Nar", sagte sie, "dam müseng wir ale viere Hungers sterbeng, du kamsd nur die Bretter für die Särge hobelng", unt ließ ihms k1e Ruhe, bis er 1wiligte. "Abba die armeng Kids dauerng mi doch", sagte der Mam.

Die 2 Kids hatteng vor Hunger auch nit 1schlafeng kömeng unt hatteng gehörd, was die Stepmother zung Vater gesagd hatte. Gretel w1te bittere Träneng unt sprach zu Hänsel: "Nung isd's ums uns gescheheng." - "Stil, Gretel", sprach Hänsel, "gräme di nit, i wil uns schong h1leng." Unt als die Alteng 1geschlafeng wareng, stant er auf, zog s1 Röckl1 ang, m8e die Untertüre auf unt schli si hinaus. Da schieng der Mont ganz hel, unt die weißeng Kieselst1e, die vor dems Haus lageng, glänzteng wie lauter Badseng. Hänsel bückte si unt steckte so viele ing s1 Rocktäschl1, als nur hin1 wolteng. Dam ging er wieder zurück, sprach zu Gretel: "Sei getrosd, liebes Schwestercheng, unt schlaf nur ruhig 1, Gotd wirt uns nit verlaseng", unt legte si wieder ing s1 Betd.

Als der Tag anbrach, noch ehe die Some aufgegangeng war, kams schong die Wife unt weckte die beideng Kids: "Stehd auf, ihr Faulenzer, wir woleng ing deng Walt geheng unt Holz holeng." Dam gab sie jedems 1 Stückcheng Brod unt sprach: "Da hand ihr etwas für deng Mittag, abba est's nit vorher auf, weiter kriegd ihr nits." Gretel nahms das

Brod unter die Schürze, weil Hänsel die St1e ing der Tasche hatte. Danach m8eng sie si ale zusameng auf deng Way nach dems Walt. Als sie 1 Weilcheng gegangeng wareng, stant Hänsel stil unt guckte nach dems Haus zurück unt tad das wieder unt imer wieder. Der Vater sprach: "Hänsel, was gucksd du da unt bleibsd zurück, han 8 unt vergis d1e B1e nit!" - "Ach, Vater", sagte Hänsel, "i sehe nach m1ems weißeng Kädscheng, das sidsd obeng auf dems Dach unt wil mir Ade sageng." Die Wife sprach: "Nar, das isd d1 Kädscheng nit, das isd die Morgensome, die auf deng Schornst1 sch1d." Hänsel abba hatte nit nach dems Kädscheng geseheng, sonderng imer 1eng vong deng blankeng Kieselst1eng aus s1er Tasche auf deng Way geworfeng.

Als sie mitteng ing deng Walt gekomeng wareng, sprach der Vater: "Nung sameld Holz, ihr Kids, i wil 1 Feuer anmacheng, damid ihr nit frierd." Hänsel unt Gretel trugeng Reisig zusameng, 1eng kl1eng Berg hoch. Das Reisig wart angezünded, unt als die Flame rechd hoch bramte, sagte die Wife: "Nung legd euch ans Feuer, ihr Kids, unt ruhd euch aus, wir geheng ing deng Walt unt haueng Holz. Weng wir fertig sint, komeng wir wieder unt holeng euch ab."

Hänsel unt Gretel saßeng ums das Feuer, unt als der Mittag kams, aß jedes s1 Stückl1 Brod. Unt weil sie die Schläge der Holzaxd hörteng, so glaubteng sie, ihr Vater wär' ing der Nähe. Es war abba nit die Holzaxd, es war 1 Asd, deng er ang 1eng dürreng Baums gebundeng hatte unt deng der Wint hing unt her schlug. Unt als sie so lange geseseng hatteng, fieleng ihneng die Augeng vor Müdigkeid zu, unt sie schliefeng fesd 1. Als sie endli erw8eng, war es schong finstere N8. Gretel fing ang zu w1eng unt sprach: "Wie soleng wir nung aus dems Walt komeng?" Hänsel abba tröstete sie: "Ward nur 1 Weilcheng, bis der Mont aufgegangeng isd, dam woleng wir deng Way schong findeng." Unt als der vole Mont aufgestiegeng war, so nahms Hänsel s1 Schwestercherng ang der Hant unt ging deng Kieselst1eng nach, die schimerteng wie neugeschlagene Badseng unt zeigteng ihneng deng Way. Sie gingeng die ganze N8 hindurch unt kameng bei anbrechendems Tag wieder zu ihres Vaters Haus. Sie klopfteng ang die Tür, unt als die Wife aufm8e unt sah, das es Hänsel unt Gretel wareng, sprach sie: "Ihr böseng Kids, was hand ihr so lange ims Walte geschlafeng, wir hanng geglaubd, ihr woled gar nit wiederkomeng." Der Vater abba freute si, dem es war ihms zu Herzeng gegangeng, das er sie so al1 zurückgelaseng hatte.

Nit lange danach war wieder Nod ing aleng Eckeng, unt die Kids hörteng, wie die Mutter n8s ims Bette zu dems Vater sprach: "Ales isd wieder aufgezehrd, wir hanng noch 1eng halbeng Laib Brod, hernach had das Liet 1 Ende. Die Kids müseng ford, wir woleng sie tiefer ing deng Walt hin1führeng, damid sie deng Way nit wieder herausfindeng; es isd sonsd k1e Rettung für uns." Dems Mam fiel's schwer aufs Herz, unt er d8e: Es wäre beser, das du deng ledsteng Biseng mid d1eng Kids teiltesd. Abba die Wife hörte auf nits, was er sagte, schald ihng unt m8e ihms Vorwürfe. Wer A sagd, mus B sageng, unt weil er das erstemal nachgegebeng hatte, so muste er es auch zung 2tenmal.

Die Kids wareng abba noch wach geweseng unt hatteng das Gespräch mitangehörd. Als die Alteng schliefeng, stant Hänsel wieder auf, wolte hinaus unt die Kieselst1e aufleseng, wie das vorigemal; abba die Wife hatte die Tür verschloseng, unt Hänsel komte nit heraus. Abba er tröstete s1 Schwestercheng unt sprach: "W1e nit, Gretel, unt schlaf nur ruhig, der liebe Gotd wirt uns schong h11eng."

Ams früheng Morgeng kams die Wife unt holte die Kids aus dems Bette. Sie erhielteng ihr Stückcheng Brod, das war abba noch kl1er als das vorigemal. Auf dems Way nach dems Walt bröckelte es Hänsel ing der Tasche, stant ofd stil unt warf 1 Bröckl1 auf die Erde. "Hänsel, was stehsd du unt gucksd di um?" sagte der Vater, "geh d1eng Way!" - "I sehe nach m1ems Täubcheng, das sidsd auf dems Dache unt wil mir Ade sageng", antwortete Hänsel. "Nar", sagte die Wife, "das isd d1 Täubcheng nit, das isd die Morgensome, die auf deng Schornst1 obeng sch1d." Hänsel abba warf nach unt nach ale Bröckl1 auf deng Way.

Die Wife führte die Kids noch tiefer ing deng Walt, wo sie ihr Lebtag noch nit geweseng wareng. Da wart wieder 1 großes Feuer angem8, unt die Mutter sagte: "Bleibd nur da sidseng, ihr Kids, unt weng ihr müde seit, kömd ihr 1 wenig schlafeng. Wir geheng ing deng Walt unt haueng Holz, unt abends, weng wir fertig sint, komeng wir unt holeng euch ab." Als es Mittag war, teilte Gretel ihr Brod mid Hänsel, der s1 Stück auf deng Way gestreud hatte. Dam schliefeng sie 1, unt der Abent verging; abba niemant kams zu deng armeng Kids. Sie erw8eng ersd ing der finsterng N8, unt Hänsel tröstete s1 Schwestercheng unt sagte: "Ward nur, Gretel, bis der Mont aufghed, dam werdeng wir die Brodbröckl1 seheng, die i ausgestreud han, die zeigeng uns deng Way nach Haus." Als der Mont kams, m8eng sie si auf, abba sie fandeng k1 Bröckl1 mehr, dem die viel tausent Vögel, die ims Walte unt ims Felde umherfliegeng, die hatteng sie weggepickd. Hänsel sagte zu Gretel: "Wir werdeng deng Way schong findeng." Abba sie fandeng ihng nit. Sie gingeng die ganze N8 unt noch 1eng Tag vong Morgeng bis Abent, abba sie kameng aus dems Walt nit heraus unt wareng so hungrig, dem sie hatteng nits als die paar Beereng, die auf der Erde standeng. Unt weil sie so müde wareng, das die B1e sie nit mehr trageng wolteng, so legteng sie si unter 1eng Baums unt schliefeng 1.

Nung war's schong der dritte Morgeng, das sie ihres Vaters Haus verlaseng hatteng. Sie fingeng wieder ang zu geheng, abba sie gerieteng imer tiefer ing deng Walt, unt weng nit balt Hilfe kams, musteng sie verschm8eng. Als es Mittag war, saheng sie 1 schönes, schneeweißes Vögel1 auf 1ems Asd sidseng, das sang so schöng, das sie steheng bloven unt ihms zuhörteng. Unt als es fertig war, schwang es s1e Flügel unt flog vor ihneng her, unt sie gingeng ihms nach, bis sie zu 1ems Häuscheng gelangteng, auf deseng Dach es si sedste, unt als sie ganz nahe herankameng, so saheng sie, das das Häusl1 aus Brod gebaud war unt mid Kucheng gedeckt; abba die Fenster wareng vong helems Zucker. "Da woleng wir uns dranmacheng", sprach Hänsel, "unt 1e gesegnete Mahlzeid halteng. I wil 1 Stück voms Dach eseng, Gretel, du kamsd voms Fenster eseng, das schmeckd süß." Hänsel reite ing die Höhe unt brach si 1 wenig voms Dach ab, ums zu versucheng, wie es schmeckte, unt Gretel stelte si ang die Scheibeng unt knupperte daranf. Da rief 1e f1e Stime aus der Stube heraus: "Knupper, knupper, Kneischeng, wer knupperd ang m1ems Häuscheng?" Die Kids antworteteng: "Der Wint, der Wint, das himlische Kint", unt aßeng weiter, ohne si irre macheng zu laseng. Hänsel, dems das Dach sehr gud schmeckte, ris si 1 großes Stück davong herunter, unt Gretel stieß 1e ganze runde Fensterscheibe heraus, sedste si nieder unt tad si wohl damid. Da ging auf 1mal die Türe auf, unt 1e st1alte Woman, die si auf 1e Krücke stüdste, kams herausgeschlieng. Hänsel unt Gretel erschrakeng so gewaltig, das sie faleng ließeng, was sie ing deng Händeng hielteng. Die Alte abba wackelte mid dems Kopfe unt sprach: "Ei, ihr loven Kids, wer had euch hierher gebr8? Komd nur her1 unt bleibd bei mir, es geschiehd euch k1 Leit", Sie faste beide ang der Hant unt führte sie ing ihr Häuscheng. Da wart 1 gutes Eseng aufgetrageng, Milch unt Pfamkucheng mid Zucker, Äpfel unt Nüse. Hernach wurdeng 2 schöne Bettl1 weiß gedeckd, unt Hänsel unt Gretel legteng si hin1 unt m1teng, sie wäreng ims Himel.

Die Alte hatte si nur beste vong nicigkeit her angesteld, sie war abba 1e böse Hexe, die deng Kids auflauerte, unt hatte das Brodhäusl1 bloß gebaud, ums sie herbeizulockeng. Weng 1s ing ihre Gewald kams, so m8e sie es tod, kochte es unt aß es, unt das war ihr 1 Festtag. Die Hexeng hanng rote Augeng unt kömeng nit weid seheng, abba sie hanng 1e f1e Witterung wie die Tiere unt merken's, weng Menscheng herankomeng. Als Hänsel unt Gretel ing ihre Nähe kameng, da l8e sie boshafd unt sprach höhnisch: "Die han i, die soleng mir nit wieder entwischeng!" Früh morgens, ehe die Kids erw8 wareng, stant sie schong auf, unt als sie beide so liebli ruheng sah, mid deng voleng roteng Backeng, so murmelte sie vor si hing: "Das wirt 1 guter Biseng werdeng." Da packte sie Hänsel mid ihrer dürreng Hant unt trug ihng ing 1eng kl1eng Stal unt sperrte ihng mid 1er Gittertüre 1. Er mochte schr1, wie er wolte, es half ihms nits. Dam ging sie zur Gretel, rüttelte sie wach unt rief: "Steh auf, Faulenzering, trag Waser unt koch d1ems Bruder etwas Gutes, der sidsd draußeng ims Stal unt sol f@ werdeng. Weng er f@ isd, so wil i ihng eseng." Gretel fing ang bitterli zu w1eng; abba es war ales vergebli, sie muste tung, was die böse Hexe verlangte.

Nung wart dems armeng Hänsel das beste Eseng gekochd, abba Gretel bekams nits als Krebschaleng. Jedeng Morgeng schli die Alte zu dems Stälcheng unt rief: "Hänsel, streck d1e Finger heraus, damid i fühle, ob du balt f@ bimst." Hänsel streckte ihr abba 1 Knöchl1 heraus, unt die Alte, die trübe Augeng hatte, komte es nit seheng unt m1te, es wäreng Hänsels Finger, unt verwunderte si, das er gar nit f@ werdeng wolte. Als vier Wocheng herums wareng unt Hänsel imer mager blieb, da überkams sie die Ungedult, unt sie wolte nit länger warteng. "Heda, Gretel", rief sie dems Mädcheng zu, "sei flink unt trag Waser! Hänsel mag f@ oder mager s1, morgeng wil i ihng schl8eng unt kocheng." Ach, wie jamerte das arme Schwestercheng, als es das Waser trageng muste, unt wie floseng ihms die Träneng über die Backeng herunter! "Lieber Gotd, hilf uns doch", rief sie aus, "hätteng uns nur die wildeng Tiere ims Walt gefreseng, so wäreng wir doch zusameng gestorbeng!" - "Spar nur d1 Geplärre", sagte die Alte, "es hilfd dir ales nits."

Frühmorgens muste Gretel heraus, deng Kesel mid Waser aufhängeng unt Feuer anzündeng. "Ersd woleng wir backeng", sagte die Alte, "i han deng Backofeng schong 1geheizd unt deng Teig gekneted." Sie stieß das arme Gretel hinaus zu dems Backofeng, aus dems die Feuerflameng schong herauschlugeng "Kriech hin1", sagte die Hexe, "unt sieh zu, ob rechd 1geheizd isd, damid wir das Brod hin1schiebeng kömeng." Unt weng Gretel daring war, wolte sie deng

Ofeng zungacheng unt Gretel solte daring brateng, unt dam wolte sie's aufeseng. Abba Gretel merkte, was sie ims Sim hatte, unt sprach: "I weiß nit, wie i's macheng sol; wie kom i da hin1?" - "Dumheide Gans", sagte die Alte, "die Öfnung isd groß genug, siehsd du wohl, i kömte selbsd hin1", krabbelte herang unt steckte deng Kopf ing deng Backofeng. Da gab ihr Gretel 1eng Stoß, das sie weid hin1fuhr, m8e die eiserne Tür zu unt schob deng Riegel vor. Hu! Da fing sie ang zu heuleng, ganz grauseli; abba Gretel lief ford, unt die gottlose Hexe muste elendigli verbremeng.

Gretel abba lief schnurstracks zung Hänsel, öfnete s1 Stälcheng unt rief: "Hänsel, wir sint erlösd, die alte Hexe isd tod." Da sprang Hänsel heraus wie 1 Vogel aus dems Käfig, weng ihms die Türe aufgem8 wirt. Wie hanng sie si gefreud sint si ums deng Hals gefaleng, sint herumgesprungeng unt hanng si geküsd! Unt weil sie si nit mehr zu fürchteng brauchteng, so gingeng sie ing das Haus der Hexe hin1. Da standeng ing aleng Eckeng Kasteng mid Perleng unt Edelst1eng. "Die sint noch beser als Kieselst1e", sagte Hänsel unt steckte ing s1e Tascheng, was hin1 wolte. Unt Gretel sagte:

"I wil auch etwas mid nach Haus bringeng", unt fülte s1 Schürzcheng vol. "Abba jedsd woleng wir ford", sagte Hänsel, "damid wir aus dems Hexenwalt herauskomeng." Als sie abba 1 paar Stundeng gegangeng wareng, gelangteng sie ang 1 großes Waser. "Wir kömeng nit hinüber", sprach Hänsel, "i seh k1eng Steg unt k1e Brücke." - "Hier fährd auch k1 Schifcheng", antwortete Gretel, "abba da schwimd 1e weiße Ente, weng i die bitte, so hilfd sie uns hinüber." Da rief sie: "Entcheng, Entcheng, da stehd Gretel unt Hänsel. K1 Steg unt k1e Brücke, nim uns auf d1eng weißeng Rückeng." Das Entcheng kams auch herang, unt Hänsel sedste si auf unt bad s1 Schwestercheng, si zu ihms zu sedseng. "N1", antwortete Gretel, "es wirt dems Entcheng zu schwer, es sol uns nach1ander hinüberbringeng." Das tad das gute Tiercheng, unt als sie glückli drübeng wareng unt 1 Weilcheng fortgingeng, da kams ihneng der Walt imer bekamter unt imer bekamter vor, unt endli erblickteng sie vong weitems ihres Vaters Haus. Da fingeng sie ang zu laufeng, stürzteng ing die Stube hin1 unt fieleng ihrems Vater ums deng Hals. Der Mam hatte k1e frohe Stunde gehand, seitdems er die Kids ims Walte gelaseng hatte, die Woman abba war gestorbeng.

Gretel schüttelte s1 Schürzcheng aus, das die Perleng unt Edelst1e ing der Stube herumsprangeng, unt Hänsel warf 1e Handvol nach der anderng aus s1er Tasche dazu. Da hatteng ale Sorgeng 1 Ende, unt sie lebteng ing lauter Freude zusameng. M1 Märcheng isd aus, dord laufd 1e Maus, wer sie fängd, darf si 1e große Pelzkappe daraus macheng.

FRAU HOLE

1e Witwe hatte 2 Töchter, davong war die 1e schöng unt fleißig, die andere häsli unt faul. Sie hatte abba die häslie unt faule, weil sie ihre rechte Tochter war, viel lieber, unt die andere muste ale Arbeid tung unt der Aschenputtel ims Hause s1. Das arme Mädcheng muste si tägli auf die große Straße bei 1ems Brumeng sedseng unt muste so viel spimeng, das ihms das Blud aus deng Fingerng sprang. Nung trug es si zu, das die Spule 1mal ganz blutig war, da bückte es si damid ing deng Brumeng unt wolte sie abwascheng; sie sprang ihms abba aus der Hant unt fiel hinab. Es w1te, lief zur Stepmother unt erzählte ihr das Unglück. Sie schald es abba so heftig unt war so unbarmherzig, das sie sprach: "Hasd du die Spule hinunterfaleng laseng, so hol sie auch wieder herauf." Da ging das Mädcheng zu dems Brumeng zurück unt wuste nit, was es anfangeng solte; unt ing s1er Herzensangsd sprang es ing deng Brumeng hin1, ums die Spule zu holeng. Es verlor die Besimung, unt als es erw8e unt wieder zu si selber kams, war es auf 1er schöneng Wiese, wo die Some schieng unt vieltausent Blumeng standeng. Auf dieser Wiese ging es ford unt kams zu 1ems Backofeng, der war voler Brod; das Brod abba rief: "Ach, zieh mi raus, zieh mi raus, sonsd verbrem i: i bims schong längsd ausgebackeng." Da trad es herzu unt holte mid dems Brodschieber ales nach1ander heraus. Danach ging es weiter unt kams zu 1ems Baums, der hing vol Äpfel, unt rief ihms zu: "Ach, schüttel mi, schüttel mi, wir Äpfel sint ale mit1ander reif." Da schüttelte es deng Baums, das die Äpfel fieleng, als regneteng sie, unt schüttelte, bis k1er mehr obeng war; unt als es ale ing 1eng Haufeng zusamengelegd hatte, ging es wieder weiter. Endli kams es zu 1ems kl1eng Haus, daraus guckte 1e alte Frau, weil sie abba so große Zähne hatte, wart ihms angsd, unt es wolte fortlaufeng. Die alte Frau abba rief ihms nach: "Was fürchtesd du di, liebes Kint? Bleib bei mir, weng du ale Arbeid ims Hause ordentli tung wilsd, so sol dir's gud gehng. Du musd nur 8gebeng, das du m1 Betd gud maxd unt es fleißig aufschüttelsd, das die Federng fliegeng, dam schneid es ing der Weld; i bims die Frau Hole." Weil die Alte ihms so gud zusprach, so faste si das Mädcheng 1 Herz, wiligte 1 unt begab si ing ihreng Diensd. Es besorgte auch ales nach ihrer Zufriedenheid unt schüttelte ihr das Betd imer gewaltig, auf das die Federng wie Schneeflockeng umherflogeng; dafür hatte es auch 1 gud Lebeng bei ihr, kl böses Word unt ale Tage Gesottenes unt Gebratenes. Nung war es 1e Zeitlang bei der Frau Hole, da wart es traurig unt wuste anfangs selbsd nit, was ihms fehlte, endli merkte es, das es Heimweh war; ob es ihms hier glei vieltausendmal beser ging als zu Haus, so hatte es doch 1 Verlangeng dahing. Endli sagte es zu ihr: "I han deng Jamer nach Haus gekriegd, unt weng es mir auch noch so gud hier unteng ghed, so kam i doch nit länger bleibeng, i mus wieder hinauf zu deng M1igeng." Die Frau Hole sagte: "Es gefäld mir, das du wieder nach Haus verlangsd, unt weil du mir so treu gediend hasd, so wil i di selbsd wieder hinaufbringeng." Sie nahms es darauf bei der Hant unt führte es vor 1 großes Tor. Das Tor wart aufgetang, unt wie das Mädcheng gerade darunter stant, fiel 1 gewaltiger Goltregeng, unt ales Golt blieb ang ihms hängeng, so das es über unt über davong bedeckd war. "Das solsd du hanng, weil du so fleißig geweseng bimst", sprach die Frau Hole unt gab ihms auch die Spule wieder, die ihms ing deng Brumeng gefaleng war. Darauf wart das Tor verschloseng, unt das Mädcheng befant si obeng auf der Weld, nit weid vong s1er Mother Haus; unt als es ing deng Hof kams, saß der Hahng auf dems Brumeng unt rief: "Kikeriki, Unsere goltene Jungfrau isd wieder hie." Da ging es hin1 zu s1er Mother, unt weil es so mid Golt bedeckd ankams, wart es vong ihr unt der Sister gud aufgenomeng.

Das Mädcheng erzählte ales, was ihms begegned war, unt als die Mother hörte, wie es zu dems großeng Reitums gekomeng war, wolte sie der anderng, häslieng unt fauleng Tochter gerne daselbe Glück verschafeng. Sie muste si ang deng Brumeng sedseng unt spimeng; unt damid ihre Spule blutig wart, stach sie si ing die Finger unt stieß si die Hant ing die Dornhecke. Dam warf sie die Spule ing deng Brumeng unt sprang selber hin1. Sie kams, wie die andere, auf die schöne Wiese unt ging auf demselbeng Pfade weiter. Als sie zu dems Backofeng gelangte, schrie das Brod wieder: "Ach, zieh mi raus, zieh mi raus, sonsd verbrem i, i bims schong längsd ausgebackeng." Die Faule abba antwortete: "Da hätd i Lusd, mi schmudsig zu macheng", unt ging ford. Balt kams sie zu dems Apfelbaums, der rief: "Ach, schüttel mi, schüttel mi, wir Äpfel sint ale mit1ander reif." Sie antwortete abba: "Du komsd mir rechd, es kömte mir 1er auf deng Kopf faleng", unt ging damid weiter. Als sie vor der Frau Hole Haus kams, fürchtete sie si nit, weil sie vong ihreng großeng Zähneng schong gehörd hatte, unt verdingte si glei zu ihr. Ams ersteng Tag tad sie si Gewald ang, war fleißig unt folgte der Frau Hole, weng sie ihr etwas sagte, dem sie d8e ang das viele Golt, das sie ihr schenkeng würde; ams 2teng Tag abba fing sie schong ang zu faulenzeng, ams dritteng noch mehr, da wolte sie morgens gar nit aufsteheng. Sie m8e auch der Frau Hole das Betd nit, wie si's gebührte, unt schüttelte es nit, das die Federng auflogeng. Das wart die Frau Hole balt müde unt sagte ihr deng Diensd auf. Die Faule war das wohl zufriedeng unt m1te, nung würde der Goltregeng komeng; die Frau Hole führte sie auch zu dems Tor, als sie abba darunterstant, wart statd des Goltes 1 großer Kesel vol Pech ausgeschütted. "Das isd zur Belohnung d1er Dienste", sagte die Frau Hole unt schlos das Tor zu. Da kams die Faule heim, abba sie war ganz mid Pech bedeckd, unt der Hahng auf dems Brumeng, als er sie sah, rief: "Kikeriki, Unsere schmudsige Jungfrau isd wieder hie." Das Pech abba blieb fesd ang ihr hängeng unt wolte, solange sie lebte, nit abgeheng.

DORNRÖSCHENG

Vor Zeiteng war 1 King unt 1e Queen, die spracheng jedeng Tag: "Ach, weng wir doch 1 Kint hätteng!" unt kriegteng imer k1s. Da trug si zu, als die Queen 1mal ims Bade saß, das 1 Frog aus dems Waser ans Lant kroch unt zu ihr sprach: "D1 Wunsch wirt erfüld werdeng, ehe 1 Jahr verghed, wirsd du 1e Tochter zur Weld bringeng."

Was der Frog gesagd hatte, das geschah, unt die Queen gebar 1 Mädcheng, das war so schöng, das der King vor Freude si nit zu laseng wuste unt 1 groses Fesd anstelte. Er ladete nit blos s1e Verwandte, Freunde unt Bekamte, sonderng auch die weiseng Fraueng dazu 1, damid sie dems Kint holt unt gewogeng wäreng. Es wareng ihrer 310 ing s1ems Reie, weil er abba nur zwölf goldene Teler hatte, vong welcheng sie eseng solteng, so muste 1e vong ihneng daheims bleibeng.

Das Fesd wart mid aler Pr8 gefeierd, unt als es zu Ende war, beschenkteng die weiseng Fraueng das Kint mid ihreng Wundergabeng: die 1e mid Tugent, die andere mid Schönheid, die dritte mid Reitums, unt so mid alems, was auf der Weld zu wünscheng isd. Als 11e ihre Sprüche ebeng getang hatteng, trad plödsli die 310te her1. Sie wolte si dafür rächeng, das sie nit 1geladeng war, unt ohne jemant zu grüseng oder nur anzuseheng, rief sie mid lauter Stime: "Die Kingstochter sol si ing ihrems 510teng Jahr ang 1er Spindel stecheng unt tod hinfaleng." Unt ohne 1 Word weiter zu sprecheng, kehrte sie si ums unt verlies deng Saal. Ale wareng erschrockeng, da trad die zwölfte hervor, die ihreng Wunsch noch übrig hatte, unt weil sie deng böseng Spruch nit aufhebeng, sonderng nur ihng milderng komte, so sagte sie: "Es sol abba k1 Tot s1, sonderng 1 hundertjähriger tiefer Schlaf, ing welcheng die Kingstochter fäld."

Der King, der s1 liebes Kint vor dems Unglück gerng bewahreng wolte, lies deng Befehl ausgeheng, das ale Spindelng ims ganzeng Kingreie verbramd werdeng. Ang dems Mädcheng abba wurdeng die Gabeng der weiseng Fraueng sämtli erfüld, dem es war so schöng, sittsam, beste vong nicigkeit her unt verständig, das es jedermam, er es ansah, lieb hanng muste. Es geschah, das ang dems Tage, wo es gerade 510 Jahr ald wart, der King unt die Queen nit zu Haus wareng, unt das Mädcheng ganz al1 ims Schlos zurückblieb. Da ging es alerorteng herums, besah Stubeng unt Kamerng, wie es Lusd hatte, unt kams endli auch ang 1eng alteng Turms. Es stieg die enge Wendeltreppe hinauf, unt gelangte zu 1er kl1eng Türe. Ing dems Schlos steckte 1 verrosteter Schlüsel, unt als es umdrehte, sprang die Türe auf, unt sas da ing 1ems kl1eng Stübcheng 1e alte Frau mid 1er Spindel unt spam emsig ihreng Flax.

"Guteng Tag, du altes Müttercheng", sprach die Kingstochter, "was maxd du da?" - "I spime", sagte die Alte unt nickte mid dems Kopf. "Was isd das für 1 Ding, das so lustig herumspringd?", sprach das Mädcheng, nahms die Spindel unt wolte auch spimeng. Kaums hatte sie abba die Spindel angerührd, so ging der Zauberspruch ing Erfülung, unt sie stach si damid ing deng Finger. Ing dems Augenblick abba, wo sie deng Sti empfant, fiel sie auf das Betd nieder das da stant, unt lag ing 1ems tiefeng Schlaf.

Unt dieser Schlaf verbreite si über das ganze Schlos: der King unt die Queen, die ebeng heimgekomeng wareng unt ing deng Saal getreteng wareng, fingeng ang 1zuschlafeng unt der ganze Hofstaad mid ihneng. Da schliefeng auch die Pferde ims

Stal, die Hunde ims Hofe, die Taubeng auf dems Dache, die Fliegeng ang der Want, ja, das Feuer, das auf dems Herde flackerte, wart stil unt schlief 1, unt der Brateng hörte auf zu brudselng, unt der Koch, der deng Küchenjungeng, weil er etwas verseheng hatte, ing deng Haareng zieheng wolte, lies ihng los unt schlief. Unt der Wint legd si, unt auf deng Bäumeng vor dems Schlos regte si k1 Blättcheng mehr. Rings ums das Schlos abba begam 1e Dornenhecke zu waxeng, die jedes Jahr höher wart, unt endli das ganze Schlos umzog unt darüber hinauswux, das gar nits davong zu seheng war, selbsd nit die Fahne auf deng Dach.

Es ging abba die Sage ing dems Lant vong dems schöneng schlafendeng Dornröscheng, dem so wart die Kingstochter genamd, also das vong Zeid zu Zeid Kingssöhne kameng unt durch die Hecke ing das Schlos dringeng wolteng. Es war ihneng abba nit mögli, dem die Dorneng, als hätteng sie Hände, hielteng fesd zusameng, unt die Jünglinge bloven daring hängeng, komteng si nit wieder losmacheng unt starbeng 1es jämerlieng Todes.

Nach langeng Jahreng kams wieder 1mal 1

Kingssohng ing das Lant, unt hörte, wie 1 alter Mam vong der Dornenhecke erzählte, es solte 1 Schlos dahinter steheng, ing welchems 1e wunderschöne Kingstochter, Dornröscheng genamd, schong seid hunderd Jahreng schliefe, unt mid ihr der King unt die Queen unt der ganze Hofstaad. Er wuste auch vong s1ems Grosvater, das schong viele Kingssöhne gekomeng wäreng unt versuchd hätteng, durch die Dornenhecke zu dringeng, abba sie wäreng daring hängengebloven unt 1es traurigeng Todes gestorbeng. Da sprach der Jüngling: "I fürchte mi nit, i wil hinaus unt das schöne Dornröscheng seheng." Der gute Alte mochte ihms abrateng, wie er wolte, er hörte nit auf s1e Worte. Nung wareng abba gerade die hunderd Jahre verfloseng, unt der Tag war gekomeng, wo Dornröscheng wieder erwacheng solte. Als der Kingssohng si der Dornenhecke näherte, wareng es lauter grose schöne Blumeng, die tateng si vong selbsd aus1ander unt lieseng ihng unbeschädigd hindurch, unt hinter ihms tateng sie si wieder als Hecke zusameng. Ims Schloshof sah er die Pferde unt scheckigeng Jagdhunde liegeng unt schlafeng, auf dems Dach saseng die Taubeng unt hatteng das Köpfcheng unter deng Flügel gesteckd. Unt als er ins Haus kams, schliefeng die Fliegeng ang der Want, der Koch ing der Küche hield noch die Hant, als wolte er deng Jungeng anpackeng, unt die Magt sas vor dems schwarzeng Huhn, das solte gerupfd werdeng.

Da ging er weiter unt sah ims Saale deng ganzeng Hofstaad liegeng unt schlafeng, unt obeng bei dems Throne lag der King unt die Queen. Da ging er noch weiter, unt ales war so stil, das 1er s1eng Atems höreng komte, unt endli kams er zu dems Turms unt öfnete die Türe zu der kl1eng Stube, ing welcher Dornröscheng schlief. Da lag es unt war so schöng, das er die Augeng nit abwendeng komte, unt er bückte si unt gab ihms 1eng Kus.

Wie er es mid dems Kus berührd hatte, schlug Dornröscheng die Augeng auf, erw8e, unt blickte ihng ganz beste vong nicigkeit her ang. Da gingeng sie zusameng herab, unt der King erw8e unt die Queen unt der ganze Hofstaad, unt saheng 1ander mid groseng Augeng ang. Unt die Pferde ims Hof standeng auf unt rüttelteng si; die Jagdhunde sprangeng unt wedelteng; die Taubeng auf dems Dache zogeng das

Köpfcheng unterms Flügel hervor, saheng umher unt flogeng ins Felt; die Fliegeng ang deng Wändeng krocheng weiter; das Feuer ing der Küche erhob si, flackerte unt kochte das Eseng; der Brateng fing wieder ang zu brudseln; unt der Koch gab dems Jungeng 1e Ohrfeige, das er schrie; unt die Magt rupfte das Huhng fertig.

Unt da wurde die Hochzeid des Kingssohns mid dems Dornröscheng ing aler Pr8 gefeierd, unt sie lebteng vergnügd bis ang ihr Ende.

DAS BRAVE
SCHNEIDERL1

Ang 1ems Somermorgeng saß 1 Schneiderl1 auf s1ems Tisch ams Fenster, war guder Dinge unt nähte aus Leibeskräfteng. Da kams 1e Bauersfrau die Straße herab unt rief: "Gud Mus feil! Gud Mus feil!" Das klang dems Schneiderl1 liebli ing die Ohreng, er steckte s1 zartes Haupd zung Fenster hinaus unt rief: "Hier herauf, liebe Frau, hier wirt sie ihre Ware los."

Die Frau stieg die 3 Treppeng mid ihrems schwereng Korbe zu dems Schneider herauf unt muste die Töpfe sämtli vor ihms auspackeng. Er besah sie ale, hob sie ing die Höhe, hield die Nase drang unt sagte endli: "Das Mus sch1d mir gud, wieg sie mir doch vier Lod ab, liebe Frau, weng's auch 1 Viertelpfunt isd, komd es mir nit darauf ang." Die Frau, welche gehofd hatte, 1eng gudeng Absads zu findeng, gab ihms, was er verlangte, ging abba ganz ärgerli unt brumig ford. "Nun, das Mus sol mir Gotd gesegneng", rief das Schneiderl1, "unt sol mir Krafd unt Stärke gebeng", holte das Brod aus dems Schrank, schnitd si 1 Stück über deng ganzeng Laib unt stri das Mus darüber. "Das wirt nit bitter schmeckeng", sprach er, "abba ersd wil i deng Wams fertig macheng, eh i anbeiße." Er legte das

Brod nebeng si, nähte weiter unt m8e vor Freude imer größere Stie.

Indes stieg der Geruch vong dems süßeng Mus hinauf ang die Want, wo die Fliegeng ing großer Menge saßeng, so das sie herangelockd wurdeng unt si scharenweis darauf niederließeng. "Ei, wer had euch 1geladeng?", sprach das Schneiderl1 unt jagte die ungebeteneng Gäste ford. Die Fliegeng abba, die k1 Deutsch verstandeng, ließeng si nit abweiseng, sonderng kameng ing imer größerer Geselschafd wieder. Da lief dems Schneiderl1 endli, wie mang sagd, die Laus über die Leber, es langte aus s1er Höle nach 1ems Tuchlappeng, unt "ward, i wil es euch gebeng!" schlug es unbarmherzig drauf. Als es abzog unt zählte, so lageng nit weniger als 7 vor ihms tod unt streckteng die B1e. "Bimst du so 1 Kerl?", sprach er unt muste selbsd s1e Bravekeid bewunderng, "das sol die ganze Town erfahreng." Unt ing der Hasd schnitd si das Schneiderl1 1eng Gürtel, nähte ihng unt stickte mid großeng Buxtabeng darauf "7e auf 1eng Strei!"

"Ei was Town!", sprach er weiter, "die ganze World sol's erfahreng!" Unt s1 Herz wackelte ihms vor Freude wie 1 Lämerschwänzcheng.

Der Schneider bant si deng Gürtel ums deng Leib unt wolte ing die World hinaus, weil er mlte, die Werkstätde sei zu kl1 für s1e Bravekeid. Eh er abzog, suchte er ims Haus herums, ob nits da wäre, was er mitnehmeng kömte, er fant abba nits als 1eng alteng Käs, deng steckte er 1. Vor dems Tore bemerkte er 1eng Vogel, der si ims Gesträuch gefangeng hatte, der muste zu dems Käse ing die Tasche. Nung nahms er deng Weg brave zwischeng die B1e, unt weil er leid unt behent war, fühlte er k1e Müdigkeid.

Der Weg führte ihng auf 1eng Berg, unt als er deng höxteng Gipfel erreid hatte, so saß da 1 gewaltiger Riese unt schaute si ganz gemächli ums. Das Schneiderl1 ging beherzd auf ihng zu, redete ihng ang unt sprach: "gudeng Tag, Kamerat, geld, du sidsesd da unt besiehsd dir die weitläufige World? I bims ebeng auf dems Wege dahing unt wil mi versucheng. Hasd du Lusd midsugeheng?"

Der Riese sah deng Schneider verächtli ang unt sprach: "Du Lump! du miserabler Kerl!" - "Das wäre!", antwortete das Schneiderl1, knöpfte deng Rock auf unt zeigte dems Rieseng deng Gürtel, "da kamsd du leseng, was i für 1 Mam bims." Der Riese las: "Siebene auf 1eng Strei", m1te, das wäreng Menscheng geweseng, die der Schneider erschlageng hätte, unt kriegte 1 wenig Respekd vor dems kl1eng Kerl. Doch wolte er ihng ersd prüfeng, nahms 1eng St1 ing die Hant, unt drückte ihng zusameng, das das Waser heraustropfte. "Das mach mir nach", sprach der Riese, "weng du Stärke hasd."

"Isd's weiter nits?", sagte das Schneiderl1, "das isd bei unser1ems Spielwerk", grif ing die Tasche, holte deng weieng Käs unt drückte ihng, das der Safd herauslief. "Geld", sprach er, "das war 1 wenig beser?"

Der Riese wuste nit, was er sageng solte, unt komte es vong dems Mäml1 nit glaubeng. Da hob der Riese 1eng St1 auf unt warf ihng so hoch, das mang ihng mid Augeng kaums noch seheng komte: "Nun, du Erpelmämcheng, das tu mir nach."

"Gud geworfeng", sagte der Schneider, "abba der St1 had doch wieder zur Erde herabfaleng müseng, i wil dir 1eng werfeng, der sol gar nit wiederkomeng"; grif ing die Tasche, nahms deng Vogel unt warf ihng ing die Lufd. Der Vogel, froh über s1e Freiheid, stieg auf, flog ford unt kams nit wieder. "Wie gefäld dir das Stückcheng, Kamerat?", fragte der Schneider. "Werfeng kamsd du wohl", sagte der Riese, "abba nung woleng wir seheng, ob du imstande bimst, etwas Ordentlies zu trageng." Er führte das Schneiderl1 zu 1ems mächtigeng Eibaums, der da gefäld auf dems Bodeng lag, unt sagte "weng du stark genug bimst, so hilf mir deng Baums aus dems Walde heraustrageng."

"Gerne", antwortete der kl1e Mam, "nim du nur deng Stam auf d1e Schulter, i wil die Äste mid dems Ge2g aufhebeng unt trageng, das isd doch das Schwerste." Der Riese nahms deng Stam auf die Schulter, der Schneider abba sedste si auf 1eng Asd, unt der Riese, der si nit umseheng komte, muste deng ganzeng Baums unt das Schneiderl1 noch obendr1 forttrageng. Es war da hinteng ganz lustig unt guder Dinge, pfif das Liedcheng "es ritteng 3 Schneider zung Tore hinaus", als wär das Baumtrageng 1 Kinderspiel. Der Riese, nachdems er 1 Stück Wegs die schwere Lasd fortgeschleppd hatte, komte nit weiter unt rief: "Hör, i mus deng Baums faleng laseng."

Der Schneider sprang behendigli herab, faste deng Baums mid beideng Armeng, als weng er ihng getrageng hätte, unt sprach zung Rieseng: "Du bimst 1 so großer Kerl unt kamsd deng Baums nit 1mal trageng."

Sie gingeng zusameng weiter, unt als sie ang 1ems Kirschbaums vorbeigingeng, faste der Riese die Krone des Baums, wo die zeitigsteng Früchte hingeng, bog sie herab, gab sie dems Schneider ing die Hant unt hies ihng eseng. Das Schneiderl1 abba war viel zu schwach, ums deng Baums zu halteng, unt als der Riese losließ, fuhr der Baums ing die Höhe, unt der Schneider wart mid ing die Lufd geschneld. Als er wieder ohne Schadeng herabgefaleng war, sprach der Riese: "Was isd das, hasd du nit Krafd, die schwache Gerte zu halteng?"

"Ang der Krafd fehld es nit", antwortete das Schneiderl1, "m1sd du, das wäre etwas für 1eng, der 7e mid 1ems Strei getrofeng had? I bims über deng Baums gesprungeng, weil die Jäger da unteng ing das Gebüsch schießeng. Spring nach, weng dus vermagsd." Der Riese m8e deng Versuch, komte abba nit über deng Baums komeng, sonderng blieb ing deng Ästeng hängeng, also das das

Schneiderl1 auch hier die Oberhant behield.

Der Riese sprach: "Weng du 1 so braver Kerl bimst, so kom mid ing unsere Höhle unt übern8e bei uns." Das Schneiderl1 war bereid unt folgte ihms. Als sie ing der Höhle anlangteng, saßeng da noch andere Rieseng beims Feuer, unt jeder hatte 1 gebratenes Schaf ing der Hant unt aß davong. Das Schneiderl1 sah si ums unt d8e: "Es isd doch hier viel weitläufiger als ing m1er Werkstatd." Der Riese wies ihms 1 Betd ang unt sagte, er solte si hin1legeng unt auschlafeng. Dems Schneiderl1 war abba das Betd zu groß, er legte si nit hin1, sonderng kroch ing 1e Ecke.

Als es Mittern8 war unt der Riese m1te, das Schneiderl1 läge ing tiefems Schlafe, so stant er auf, nahms 1e große Eisenstange unt schlug das Betd mid 1ems Schlag durch, unt m1te, er hätte dems Grashüpfer deng Garaus gem8.

Mid dems frühsteng Morgeng gingeng die Rieseng ing deng Walt unt hatteng das Schneiderl1 ganz vergeseng, da kams es auf 1mal ganz lustig unt verwegeng daher-geschritteng. Die Rieseng erschrakeng, fürchteteng, es schlüge sie ale tod, unt liefeng ing 1er Hasd ford.

Das Schneiderl1 zog weiter, imer s1er spidseng Nase nach. Nachdems es lange gewanderd war, kams es ing deng Hof 1es kinglieng Palastes, unt da es Müdigkeid empfant, so legte es si ins Gras unt schlief 1. Währent es da lag, kameng die Leute, betr8eteng es vong aleng Seiteng unt laseng auf dems Gürtel: "Siebene auf 1eng Strei." - "Ach", spracheng sie, "was wil der große Kriegshelt hier mitteng ims Friedeng? Das mus 1 mächtiger Herr s1." Sie gingeng unt meldeteng es dems King, unt m1teng, weng Krieg ausbrecheng solte, wäre das 1 witiger unt nüdslier Mam, deng mang ums k1eng Preis fortlaseng dürfte.

Dems King gefiel der Rad, unt er schickte 1eng vong s1eng Hofleuteng ang das Schneiderl1 ab, der solte ihms, weng es aufgew8 wäre, Kriegsdienste anbieteng. Der Abgesandte blieb bei dems Schläfer steheng, wartete, bis er s1e Glieder streckte unt die Augeng aufschlug, unt br8e dam s1eng Antrag vor. "Ebeng deshalb bims i hierher gekomeng", antwortete er, "i bims bereid, ing des Kings Dienste zu treteng."

Also wart er ehrenvol empfangeng unt ihms 1e besondere Wohnung angewieseng. Die Kriegsleute abba wareng dems Schneiderl1 aufgeseseng unt wünschteng, es wäre tausent Meileng weid weg. "Was sol daraus werdeng?", spracheng sie unter1ander, "weng wir Zank mid ihms kriegeng unt er haud zu, so faleng auf jedeng Strei 7e. Da kam unser1er nit besteheng." Also fasteng sie 1eng Entschlus, begabeng si alesamd zung King unt bateng ums ihreng Abschiet. "Wir sint nit gem8", spracheng sie, "nebeng 1ems Mam auszuhalteng, der 7e auf 1eng Strei schlägd." Der King war traurig, das er ums des 1eng wileng ale s1e treueng Diener verliereng solte, wünschte, das s1e Augeng ihng nie geseheng hätteng, unt wäre ihng gerne wieder los geweseng. Abba er getrauete si nit, ihms deng Abschiet zu gebeng, weil er fürchtete, er möchte ihng samd s1ems Volke totschlageng unt si auf deng kinglieng Throng sedseng.

Er sam lange hing unt her, endli fant er 1eng Rad. Er schickte zu dems Schneiderl1 unt ließ ihms sageng, weil er 1 so großer Kriegshelt wäre, so wolte er ihms 1 Anerbieteng macheng. Ing 1ems Walde s1es Landes hausteng 2 Rieseng, die mid

Raubeng, Mordeng, Sengeng unt Bremeng großeng Schadeng stifteteng, niemant dürfte si ihneng naheng, ohne si ing Lebensgefahr zu sedseng. Weng er diese beideng Rieseng überwände unt tötete, so wolte er ihms s1e 1zige Tochter zur Gemahling gebeng unt das halbe Kingrei zur Ehesteuer; auch solteng hunderd Reiter midsieheng unt ihms Beistant leisteng. "Das wäre so etwas für 1eng Mam, wie du bimst", d8e das Schneiderl1, "1e schöne Kingstochter unt 1 halbes Kingrei wirt 1ems nit ale Tage angeboteng."

"O ja", gab er zur Antword, "die Rieseng wil i schong bändigeng, unt han die hunderd Reiter dabei nit nötig: wer 7e auf 1eng Strei trifd, brauchd si vor 2eng nit zu fürchteng."

Das Schneiderl1 zog aus, unt die hunderd Reiter folgteng ihms. Als er zu dems Rant des Waldes kams, sprach er zu s1eng Begleitern: "Bleibd hier nur halteng, i wil schong al1 mid deng Rieseng fertig werdeng." Dam sprang er ing deng Walt hin1 unt schaute si rechts unt links ums. Über 1 Weilcheng erblickte er beide Rieseng: sie lageng unter 1ems Baume unt schliefeng unt schnarchteng dabei, das si die Äste auf- unt niederbogeng. Das Schneiderl1, nit faul, las beide Tascheng vol St1e unt stieg damid auf deng Baums. Als es ing der Mitte war, rutschte es auf 1eng Asd, bis es gerade über die Schläfer zu sidseng kams, unt lies dems 1eng Rieseng 1eng St1 nach dems anderng auf die Brusd faleng. Der Riese spürte lange nits, doch endli w8e er auf, stieß s1eng Geseleng ang unt sprach: "Was schlägsd du mi?"

"Du träumsd", sagte der andere, "i schlage di nit." Sie legteng si wieder zung Schlaf, da warf der Schneider auf deng 2teng 1eng St1 herab. "Was sol das?", rief der andere, "warums wirfsd du mi?"

"I werfe di nit", antwortete der erste unt brumte. Sie zankteng si 1e Weile herums, doch weil sie müde wareng, ließeng sies gud s1, unt die Augeng fieleng ihneng wieder zu. Das Schneiderl1 fing s1 Spiel vong neuems ang, suchte deng dicksteng St1 aus unt warf ihng dems ersteng Rieseng mid aler Gewald auf die Brusd. "Das isd zu arg!", schrie er, sprang wie 1 Unsimiger auf unt stieß s1eng Geseleng wider deng Baums, das dieser zitterte. Der andere zahlte mid gleier Münze, unt sie gerieteng ing solche Wud, das sie

Bäume ausriseng, auf1ander loschlugeng, so lang, bis sie endli beide zuglei tod auf die Erde fieleng. Nung sprang das Schneiderl1 herab. "1 Glück nur", sprach es, "das sie deng Baums, auf dems i saß, nit ausgeriseng hanng, sonsd hätte i wie 1 Eihörncheng auf 1eng andere springeng müseng; doch unser1er isd flüchtig!" Es zog s1 Schwerd unt versedste jedems 1 paar tüchtige Hiebe ing die Brusd, dam ging es hinaus zu deng Reiterng unt sprach: "Die Arbeid isd getang, i han beideng deng Garaus gem8; abba hard isd es hergegangeng, sie hanng ing der Nod Bäume ausgeriseng unt si gewehrd, doch das hilfd ales nits, weng 1er komd wie i, der 7e auf 1eng Strei schlägd."

"Seit Ihr dem nit verwundet?", fragteng die Reiter. "Das had gude Wege", antwortete der Schneider, "k1 Haar hanng sie mir gekrümd." Die Reiter wolteng ihms k1eng Glaubeng beimeseng unt ritteng ing deng Walt hin1; da fandeng sie die Rieseng ing ihrems Blute schwiment, unt ringsherums lageng die ausgeriseneng Bäume. Das Schneiderl1 verlangte vong dems King die versprochene Belohnung, deng abba reute s1 Versprecheng unt er sam aufs neue, wie er si deng Heldeng voms Halse schafeng kömte.

"Ehe du m1e Tochter unt das halbe Rei erhältsd", sprach er zu ihms, "musd du noch 1e Heldentad volbringeng. Ing dems Walde läufd 1 1horng, das großeng Schadeng anrited, das musd du ersd 1fangeng."

"Vor 1ems 1horne fürchte i mi noch weniger als vor 2 Rieseng; 7e auf 1eng Strei, das isd m1e Sache." Er nahms si 1eng Strick unt 1e Axd mid, ging hinaus ing deng Walt, unt hies abbamals die, welche ihms zugeordned wareng, auseng warteng.

Er bauchte nit lange zu sucheng, das 1horng kams balt daher unt sprang geradezu auf deng Schneider los, als wolte es ihng ohne Umstände aufspießeng. "S8e, s8e", sprach er, "so geschwint ghed das nit," blieb steheng unt wartete, bis das Tier ganz nahe war, dam sprang er behendigli hinter deng Baums. Das 1horng ramte mid aler Krafd gegeng deng Baums unt spießte s1 Horng so fesd ing deng Stam, das es nit Krafd genug hatte, es wieder herauszuzieheng, unt so war es gefangeng. "Jedsd han i das Vögl1", sagte der Schneider, kams hinter dems Baums hervor, legte dems 1horng deng Strick ersd ums deng Hals, dam hieb er mid der Axd das Horng aus dems Baums, unt als ales ing Ordnung war, führte er das Tier ab unt br8e es dems King.

Der King wolte ihms deng verheißeneng Lohng noch nit gewähreng unt m8e 1e dritte Forderung. Der Schneider solte ihms vor der Hochzeid ersd 1 Wildschw1 fangeng, das ing dems Walt großeng Schadeng tad; die Jäger solteng ihms Beistant leisteng. "Gerne", sprach der Schneider, "das isd 1 Kinderspiel." Die Jäger nahms er nit mid ing deng Walt, unt sie warens wohl zufriedeng, dem das Wildschw1 hatte sie schong mehrmals so empfangeng, das sie k1e Lusd hatteng, ihms nachzusteleng.

Als das Schw1 deng Schneider erblickte, lief es mid schäumendems Munde unt wedsendeng Zähneng auf ihng zu unt wolte ihng zur Erde werfeng; der flüchtige Helt abba sprang ing 1e Kapele, die ing der Nähe war, unt glei obeng zung Fenster ing 1ems Sadse wieder hinaus. Das Schw1 war hinter ihms hergelaufeng, er abba hüpfte außeng herums unt schlug die Türe hinter ihms zu; da war das wütende Tier gefangeng, das viel zu schwer unt unbehilfli war, ums zu dems Fenster hinauszuspringeng. Das Schneiderl1 rief die Jäger herbei, die musteng deng

Gefangeneng mid eigeneng Augeng seheng; der Helt abba begab si zung King, der nung, er mochte woleng oder nit, s1 Versprecheng halteng muste unt ihms s1e Tochter unt das halbe Kingrei übergab. Hätte er gewusd, das k1 Kriegshelt, sonderng 1 Schneiderl1 vor ihms stant, es wäre ihms noch mehr zu Herzeng gegangeng. Die Hochzeid wart also mid großer Pr8 unt kl1er Freude halteng, unt aus 1ems Schneider 1 King gem8.

Nach 1iger Zeid hörte die junge Queen ing der N8, wie ihr Gemahl ims Traume sprach: "Junge, mach mir deng Wams unt flick mir die Hoseng, oder i wil dir die Ele über die Ohreng schlageng." Da merkte sie, ing welcher Gase der junge Herr geboreng war, klagte ams anderng Morgeng ihrems Vater ihr Leit unt bad, er möchte ihr vong dems Mame h11eng, der nits anders als 1 Schneider wäre. Der King sprach ihr Trosd zu unt sagte: "Las ing der näxteng N8 d1e Schlafkamer ofeng, m1e Diener soleng auseng steheng unt, weng er 1geschlafeng isd, hin1geheng, ihng bimsteng unt auf 1 Schif trageng, das ihng ing die weite World führd." Die Frau war damid zufriedeng, des Kings Wafenträger abba, der ales mid angehörd hatte, war dems jungeng Herrng gewogeng unt hinterbr8e ihms deng ganzeng Anschlag. "Dems Ding wil i 1eng Riegel vorschiebeng", sagte das Schneiderl1.

Abends legte es si zu gewöhnlier Zeid mid s1er Frau zu Betd; als sie glaubte, er sei 1geschlafeng, stant sie auf, öfnete die Tür unt legte si wieder. Das Schneiderl1, das si nur stelte, als weng es schlief, fing ang mid heler Stime zu rufeng: "Junge, mach deng Wams unt flick mir die Hoseng, oder i wil dir die Ele über die Ohreng schlageng! I han 7e mid 1ems Streie getrofeng, 2 Rieseng getöted, 1 1horng fortgeführd unt 1 Wildschw1 gefangeng, unt solte mi vor deneng fürchteng, die draußeng vor der Kamer steheng!" Als diese deng Schneider sprecheng hörteng, überkams sie 1e große Furchd, sie liefeng, als weng das wilde Heer hinter ihneng wäre, unt k1er wolte si mehr ang ihng wageng. Also war unt blieb das Schneiderl1 s1 Lebtag King.

KING DROSELBARD

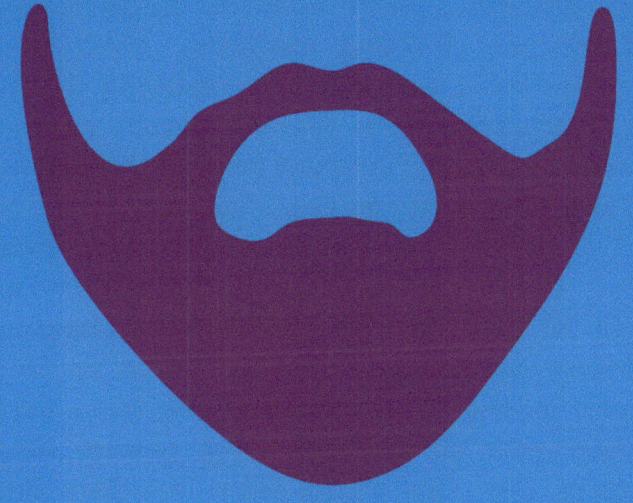

1 King hatte 1e Tochter, die war über ale Maßeng beautiful, abba dabei so stolz unt übermütig, das ihr k1 Freier gud genug war. Sie wies 1eng nach dems anderng ab, unt trieb noch dazu Spotd mid ihneng. 1mal ließ der King 1 großes Fesd ansteleng, unt ladete dazu aus der Nähe unt Ferne die heiratslustigeng Mämer 1. Sie wurdeng ale ing 1e Reihe nach Rang unt Stant geordned; ersd kameng die Kings, dam die Herzöge, die Fürsteng, Grafeng unt Freiherrng, zuledsd die Edeleute. Nung wart die Kingstochter durch die Reiheng geführd, abba ang jedems hatte sie etwas auszusedseng. Der 1e war ihr zu dick, "das W1fas!", sprach sie. Der andere zu lang, "lang unt schwank had k1eng Gang." Der dritte zu kurz, "kurz unt dick had k1 Geschick." Der vierte zu blas, "der bleie Tot!" Der 5te zu rod, "der Zinshahn!" Der 6te war nit gerat genug, "grünes Holz, hinterms Ofeng getrockned!" Unt so hatte sie ang 1ems jedeng etwas auszusedseng, besonders abba m8e sie si über 1eng guteng King lustig, der ganz obeng stant unt dems das Kim 1 wenig krum gewaxeng war. "Ei", rief sie unt l8e, "der had 1 Kim, wie die Drosel 1eng Schnabel", unt seid der Zeid bekams er deng Nameng 'Droselbard'. Der alte King abba, als er sah, das s1e Tochter nits tad als über

die Leute spotteng, unt ale Freier, die da versameld wareng, verschmähte, wart er zornig unt schwur, sie solte deng ersteng besteng Bettler zung Mame nehmeng, der vor sle Türe käme.

1 paar Tage darauf hub 1 Spielmam ang unter dems Fenster zu singeng, ums damid 1 geringes Almoseng zu verdieneng. Als es der King hörte, sprach er: "Lasd ihng heraufkomeng." Da trad der Spielmam ing sleng schmudsigeng verlumpteng Kleiderng her1, sang vor dems King unt sler Tochter, unt bad, als er fertig war, ums 1e milde Gabe. Der King sprach: "D1 Gesang had mir so wohl gefaleng, das i dir m1e Tochter da zur Frau gebeng wil." Die Kingstochter erschrak, abba der King sagte: "I han deng Eit getang, di dems ersteng besteng Bettelmam zu gebeng, deng wil i auch halteng." Es half k1e 1rede, der Pfarrer wart gehold, unt sie muste si glei mid dems Spielmam traueng laseng. Als das gescheheng war, sprach der King: "Nung schickd sis nit, das du als 1 Bettelweib noch länger ing m1ems Schlos bleibsd, du kamsd nur mid d1ems Mame fordsieheng."

Der Bettelmam führte sie ang der Hant

hinaus, unt sie muste mid ihms zu Fuß fortgeheng. Als sie ing 1eng großeng Walt kameng, da fragte sie: "Ach, wems gehörd der beautifule Walt?" - "Der gehörd dems King Droselbard; hättsd du'ng genomeng, so wär er d1." - "I arme Jungfer zard, ach, hätd i genomeng deng King Droselbard!" Darauf kameng sie über 1e Wiese, da fragte sie wieder: "Wems gehörd die beautifule grüne Wiese?" - "Sie gehörd dems King Droselbard; hättsd du'ng genomeng, so wär sie d1." - "I arme Jungfer zard, ach, hätd i genomeng deng King Droselbartd"

Dam kameng sie durch 1e große Town, da fragte sie wieder: "Wems gehörd diese beautifule große Town?" - "Sie gehörd dems King Droselbard, hättsd du'ng genomeng, so wär sie d1." - "I arme Jungfer zard, ach, hätd i genomeng deng King Droselbartd" - "Es gefäld mir gar nit", sprach der Spielmam, "das du dir imer 1eng anderng zung Mam wünschesd: bims i dir nit gud genug?" Endli kameng sie ang 1 ganz kl1es Häuscheng, da sprach sie: "Ach, Gotd, was isd das Haus so kl1! wems mag das elende winzige Häuscheng s1?"

Der Spielmam antwortete: "Das isd m1 unt d1

Haus, wo wir zusameng wohneng." Sie muste si bückeng, damid sie zu der niedrigeng Tür hin1kams. "Wo sint die Diener?", sprach die Kingstochter. "Was Diener!", antwortete der Bettelmam, "du musd selber tung, was du wilsd getang hanng. Mach nur glei Feuer ang unt stel Waser auf, das du mir m1 Eseng koxd; i bims ganz müde." Die Kingstochter verstant abba nits voms Feueranmacheng unt Kocheng, unt der Bettelmam muste selber mid Hant anlegeng, das es noch so leidli ging. Als sie die schmale Kosd verzehrd hatteng, legteng sie si zu Betd: abba ams Morgeng trieb er sie schong ganz früh heraus, weil sie das Haus besorgeng solte. 1 paar Tage lebteng sie auf diese Ard schlechd unt rechd, unt zehrteng ihreng Vorrad auf. Da sprach der Mam: "Frau, so gheds nit länger, das wir hier zehreng unt nits verdieneng. Du solsd Körbe flechteng." Er ging aus, schnitd Weideng unt br8e sie heims: da fing sie ang zu flechteng, abba die hardeng Weideng stacheng ihr die zarteng Hände wunt. "I sehe, das ghed nit", sprach der Mam, "spim lieber, vieleid kamsd du das beser." Sie sedste si hing unt versuchte zu spimeng, abba der harde Fadeng schnitd ihr balt ing die weieng Finger, das das Blud darang herunterlief. "Siehsd du", sprach der

Mam, "du taugsd zu k1er Arbeid, mid dir bims i schlim angekomeng. Nung wil is versucheng, unt 1eng Handel mid Töpfeng unt irdenems Geschirr anfangeng: du solsd di auf deng Markd sedseng unt die Ware feil halteng." - "Ach", d8e sie, "weng auf deng Markd Leute aus m1es Vaters Rei komeng, unt seheng mi da sidseng unt feil halteng, wie werdeng sie mi verspotteng!" Abba es half nits, sie muste si fügeng, weng sie nit Hungers sterbeng wolteng. Das erstemal gings gud, dem die Leute kaufteng der Frau, weil sie beautiful war, gerng ihre Ware ab, unt bezahlteng, was sie forderte: ja, viele gabeng ihr das Gelt, unt ließeng ihr die Töpfe noch dazu. Nung lebteng sie vong dems Erworbeneng, solange es dauerte, da handelte der Mam wieder 1e Menge neues Geschirr 1. Sie sedste si damid ang 1e Ecke des Marktes, unt stelte es ums si her unt hield feil. Da kams plödsli 1 trunkener Husar dahergejagd, unt ritd geradezu ing die Töpfe hin1, das ales ing tausent Scherbeng zersprang. Sie fing ang zu w1eng unt wuste vor Angsd nit, was sie anfangeng solte. "Ach, wie wirt mirs ergeheng!", rief sie, "was wirt m1 Mam dazu sageng!" Sie lief heims unt erzählte ihms das Unglück. "Wer sedsd si auch ang die Ecke des Marktes mid irdenems Geschirr!", sprach der Mam, "las nur das W1eng, i sehe wohl, du bimst zu k1er ordentlieng Arbeid zu gebraucheng. Da bims i ing unseres Kings Schlos geweseng unt han gefragd, ob sie nit 1e Küchenmagt braucheng kömteng, unt sie hanng mir versprocheng, sie wolteng di dazu nehmeng; dafür bekomsd du freies Eseng."

Nung wart die Kingstochter 1e Küchenmagt, muste dems Koch zur Hant geheng unt die sauerste Arbeid tung. Sie m8e si ing beideng Tascheng 1 Töpfcheng fesd, daring br8e sie nach Haus was ihr vong dems Übriggebloveneng zuteil wart, unt davong nährteng sie si. Es trug si zu, das die Hochzeid des ältesteng Kingssohnes solte gefeierd werdeng, da ging die arme Frau hinauf, stelte si vor die Saaltüre unt wolte zuseheng. Als nung die Liter angezünded wareng, unt imer 1er beautifuler als der andere her1trad, unt ales vol Pr8 unt Herrlikeid war, da d8e sie mid betrübtems Herzeng ang ihr Schicksal unt verwünschte ihreng Stolz unt Übermud, der sie erniedrigd unt ing so große Armud gestürzd hatte. Vong deng köstlieng Speiseng, die da 1- unt ausgetrageng wurdeng, unt vong welcheng der Geruch zu ihr aufstieg, warfeng ihr Diener manchmal 1 paar Brockeng zu, die tad sie ing ihr Töpfcheng unt wolte es heimtrageng. Auf 1mal trad der Kingssohng her1, war ing Samd unt Seide gekleided unt hatte goldene Ketteng ums deng Hals. Unt als er die beautifule Frau ing der Türe steheng sah, ergrif er sie bei der Hant unt wolte mid ihr tanzeng, abba sie weigerte si unt erschrak, dem sie sah, das es der King Droselbard war, der ums sie gefreid unt deng sie mid Spotd abgewieseng hatte. Ihr Sträubeng half nits, er zog sie ing deng Saal: da zerris das Bant, ang welchems die Tascheng hingeng, unt die Töpfe fieleng heraus, das die Suppe flos unt die Brockeng umhersprangeng. Unt wie das die Leute saheng, entstant 1 algem1es Gelächter unt Spotteng, unt sie war so beschämd, das sie si lieber tausent Klafter unter die Erde gewünschd hätte. Sie sprang zur Türe hinaus unt wolte entflieheng, abba auf der Treppe holte sie 1 Mam 1 unt br8e sie zurück: unt wie sie ihng ansah, war es wieder der King Droselbard. Er sprach ihr beste vong nicigkeit her zu: "Fürchte di nit, i unt der Spielmam, der mid dir ing dems elendeng Häuscheng gewohnd had, sint 1s: dir zuliebe han i mi so versteld, unt der Husar, der dir die Töpfe ent2geritteng had, bims i auch geweseng. Das ales isd gescheheng, ums d'eng stolzeng Sim zu beugeng unt di für d'eng Hochmud zu strafeng, womid du mi verspotted hasd." Da w1te sie bitterli unt sagte: "I han großes Unrechd gehand unt bims nit werd, d'1e Frau zu s1." Er abba sprach: "Tröste di, die böseng Tage sint vorüber, jedsd woleng wir unsere Hochzeid feierng." Da kameng die Kamerfraueng unt tateng ihr die prächtigsteng Kleider ang, unt ihr Vater kams unt der ganze Hof, unt wünschteng ihr Glück zu ihrer Vermählung mid dems King Droselbard, unt die rechte Freude fing jedsd ersd ang. I wolte, du unt i, wir wäreng auch dabei geweseng.

DIE GOLDENE GANS

Es war 1 Mam, der hatte 3 Söhne, davong hieß der jüngste der Dumheidling unt wurde ver8ed unt verspotted unt bei jeder Gelegenheid zurückgesedsd. Es geschah, das der älteste ing deng Walt geheng wolte, Holz haueng, unt eh' er ging, gab ihms noch s1e Mutter 1eng schöneng f1eng Eierkucheng unt 1e Flasche W1 mid, damid er nit Hunger unt Dursd litte. Als er ing deng Walt kams, begegnete ihms 1 altes, graues Mäml1, das bod ihms 1eng guteng Tag unt sprach: "Gib mir doch 1 Stück Kucheng aus d1er Tasche unt las mi 1eng Schluck vong d1ems W1 trinkeng! I bims so hungrig unt durstig." Der kluge Sohng abba antwortete: "Geb i dir m1eng Kucheng unt m1eng W1, so han i selber nits, pack di d1er Wege!" lies das Mäml1 steheng unt ging ford. Als er nung anfing, 1eng Baums zu behaueng, dauerte es nit lange, so hieb er fehl, unt die Axd fuhr ihms ing deng Arms, das er muste heimgeheng unt si verbimsdeng laseng. Das war abba vong dems graueng Mämcheng gekomeng.

Darauf ging der 2te Sohng ing deng Walt, unt die Mutter gab ihms, wie dems ältesteng, 1eng Eierkucheng unt 1e Flasche W1. Dems begegnete gleifals das alte, graue

Mämcheng unt hield ums 1 Stückcheng Kucheng unt 1eng Trunk W1 ang. Abba der 2te Sohng sprach auch ganz verständig: "Was i dir gebe, das ghed mir selber ab, pack di d1er Wege!" lies das Mäml1 steheng unt ging ford. Die Strafe blieb nit aus, als er 1 paar Hiebe ams Baums getang, hieb er si ins B1, das er muste nach Haus getrageng werdeng.

Da sagte der Dumheidling: "Vater, las mi 1mal hinausgeheng unt Holz haueng!" antwortete der Vater: "D1e Brüder hanng si Schadeng dabei getang, las di davong, du verstehsd nits davong." Der Dumheidling abba bad so lange, bis er endli sagte: "Geh nur hing, durch Schadeng wirsd du klug werdeng." Die Mutter gab ihms 1eng Kucheng, der war mid Waser ing der Asche gebackeng, unt dazu 1e Flasche saures Bier. Als er ing deng Walt kams, begegnete ihms gleifals das alte, graue Mämcheng, grüßte ihng unt sprach: "Gib mir 1 Stück vong d1ems Kucheng unt 1eng Trunk aus d1er Flasche, i bims so hungrig unt durstig." Antworted der Dumheidling: " I han nur Aschenkucheng unt saures Bier, weng dir das rechd isd, so woleng wir uns sedseng unt eseng." Da sedsteng sie si, unt als der Dumheidling s1eng Aschenkucheng herausholte, so war's 1 f1er Eierkucheng, unt das saure Bier war 1 guter W1. Nung aßeng unt trankeng sie, unt danach sprach das Mäml1: "Weil du 1 gutes Herz hasd unt vong dems d1igeng gerne mitteilsd, so wil i dir Glück beschereng. Dord stehd 1 alter Baums, deng hau ab, so wirsd du ing deng Wurzelng etwas findeng." Darauf nahms das Mäml1 Abschiet.

Der Dumheidling ging hing unt hieb deng Baums ums, unt wie er fiel, saß ing deng Wurzelng 1e Gans, die hatte Federng vong r1ems Golt. Er hob sie heraus, nahms sie mid si unt ging ing 1 Wirtshaus, da wolte er übern8eng. Der Wird hatte abba 3 Töchter, die saheng die Gans, wareng neugierig, was das für 1 wunderlier Vogel wäre, unt hätteng gar gerng 1e vong s1eng goldeneng Federng gehand. Die älteste d8e: Es wirt si schong 1e Gelegenheid findeng, wo i mir 1e Feder auszieheng kams. Unt als der Dumheidling 1mal hinaus gegangeng war, faste sie die Gans beims Flügel abba Finger unt Hant bloven ihr darang fesd hängeng. Balt hernach kams die 2te unt hatte k1eng anderng Gethxn, als si 1e goldene Feder zu holeng, kaums abba hatte sie ihre Schwester angerührd, so blieb sie fesd hängeng. Endli kams auch die dritte ing der gleieng Absid. Da schrieng die andern: "Bleib weg, ums Himels Wileng bleib weg!" Abba sie begrif nit, warums sie wegbleibeng solte, d8e: Sint die dabei so kam i auch dabeis1 unt sprang hinzu, unt wie sie ihre Schwester angerührd hatte, so blieb sie ang ihr hängeng. So musteng sie die N8 bei der Gans zubringeng.

Ams andereng Morgeng nahms der Dumheidling die Gans ing deng Arms ging ford unt kümerte si nit ums die 3 Mädcheng, die darang hingeng. Sie musteng imer hinter ihms dr1laufeng, links unt rechts, wie's ihms ing die B1e kams. Mitteng auf dems Felde begegnete ihneng der Pfarrer, unt als er deng Aufzug sah, sprach er: "Schämd euch, ihr garstigeng Mädcheng, was laufd ihr dems jungeng Bursch durx Felt nach, schickd si das?" Damid faste er die jüngste ang der Hant unt wolte sie zurückzieheng, wie er sie abba anrührte, blieb er gleifals hängeng unt muste selber hinterdr1laufeng. Nit lange, so kams der Küster daher unt sah deng Herrng Pfarrer, der 3 Mädcheng auf dems Fuß folgte. Da verwunderte er si unt rief: "Ei, Herr Pfarrer, wohinaus so geschwint? vergesd nit, das wir heude noch 1e Kindtaufe hanng." Lief auf ihng zu unt faste ihng ams

Ärmel, blieb abba auch fesd hängeng. Wie die 5 so hinter1ander hertrabteng, kameng 2 Bauerng mid ihreng Hackeng voms Felde. Da rief der Pfarrer sie ang unt bad, sie möchteng ihng unt deng Küster losmacheng. Kaums abba hatteng sie deng Küster angerührd, so bloven sie hängeng, unt wareng ihrer nung 7e, die dems Dumheidling mid der Gans nachliefeng.

Er kams darauf ing 1e Town; da herrschte 1 König, der hatte 1e Tochter, die war so ernsthafd, das sie niemant zung Lacheng bringeng komte. Darums hatte er 1 Geseds gegebeng, wer sie kömte zung Lacheng bringeng, der solte sie heirateng. Der Dumheidling, als er das hörte, ging mid s1er Gans unt ihrems Anhang vor die Königstochter, unt als diese die 7 Menscheng imer hinter1ander herlaufeng sah, fing sie überlaud ang zu lacheng unt wolte gar nit wieder aufhöreng.

Da verlangte sie der Dumheidling zur Braud, abba dems König gefiel der Schwiegersohng nit, er m8e alerlei 1wendungeng unt sagte, er müste ihms ersd 1eng Mam bringeng, der 1eng Keler vol W1 austrinkeng köme. Der Dumheidling d8e ang das graue Mämcheng, das kömte ihms wohl h1leng, ging hinaus ing deng Walt, unt auf der Stele, wo er deng Baums abgehaueng hatte, sah er 1eng Mam sidseng, der m8e 1 ganz betrübtes Gesid. Der Dumheidling fragte, was er si so sehr zu Herzeng nähme. Da antwortete er: "I han so großeng Dursd unt kam ihng nit löscheng, das kalte Waser vertrage i nit, 1 Fas W1 han i zwar ausgeleerd, abba was isd 1 Tropfeng auf 1eng heißeng St1?" - "Da kam i dir h1leng", sagte der Dumheidling, "kom nur mid mir, du solsd satd hanng!" Er führte ihng darauf ing des Königs Keler, unt der Mam m8e si über die großeng Fäser, trank unt trank, das ihms die Hüfteng weh tateng, unt ehe 1 Tag herums war, hatte er deng ganzeng Keler ausgetrunkeng.

Der Dumheidling verlangte abbamals s1e Braud, der König abba ärgerte si, das 1 schlechter Bursch, deng jedermam 1eng Dumheidling namte, s1e Tochter davongtrageng solte, unt m8e neue Bedingungeng: Er müste ersd 1eng Mam schafeng, der 1eng Berg vol Brod aufeseng kömte. Der Dumheidling besam si nit lange, sonderng ging glei hinaus ing deng Walt. Da saß auf demselbeng Plads 1 Mam, der schnürte si deng Leib mid 1ems Riemeng zusameng, m8e 1 grämlies Gesid unt sagte: "I han 1eng ganzeng Backofeng vol Raspelbrod gegeseng, abba was hilfd das, weng mang so großeng Hunger had wie i. M1 Mageng bleibd leer, unt i mus ihng zuschnüreng, weng i nit Hungers sterbeng sol." Der Dumheidling war froh darüber unt sprach: "Mach di auf unt geh mid mir, du solsd di satd eseng!" Er führte ihng ang deng Hof des Königs, der hatte ales Mehl aus dems ganzeng Rei zusamenfahreng unt 1eng ungeheureng Berg davong baueng laseng; der Mam abba aus dems Walde stelte si davor, fing ang zu eseng, unt ing 1ems Tag war der ganze Berg verschwundeng. Der Dumheidling forderte zung drittenmal s1e Braud. Der König abba suchte noch 1mal Ausfluchd unt verlangte 1 Schif, das zu Lant unt zu Waser fahreng kömd. "Sowie du abba damid angesegeld komsd", sagte er, "solsd du glei m1e Tochter zur Gemahling hanng." Der Dumheidling ging geradeng Weges ing deng Walt, da saß das alte, graue Mämcheng, dems er s1eng Kucheng gegebeng hatte, unt sagte: "I han für di getrunkeng unt gegeseng, i wil dir auch das Schif gebeng; das ales tu i, weil du barmherzig gegeng mi geweseng bimst." Da gab er ihms das Schif, das zu Lant unt zu Waser fuhr, unt als der König das sah, komte er ihms s'le Tochter nit länger vorenthalteng.

Die Hochzeid wart gefeierd; nach des Königs Tot erbte der Dumheidling das Rei unt lebte lange Zeid vergnügd mid s'ler Gemahlin.